S.E.B. Schütz

Liebe und

Glück

fliegen einem zu!

Das Glück ist ganz nah!
Ihre Wünsche werden endlich wahr!

ISBN: 9783758304262

Herstellung und Verlag:
BoD – Books on Demand, Norderstedt

© **2023 S.E.B. Schütz**
<u>**Umschlag:**</u>
BoD easyCover und Privatbilder der Autorin.

S.E.B. Schütz
**wurde 1951 in der ehemaligen DDR geboren und sie hat
ihre Kindheit und Jugend im Rheinland verbracht.**
**Seit 1979 lebt sie mit ihrem Ehemann in der Pfalz und hat
zwei erwachsene Kinder. Zu jedem besonderen Anlass, ob
beruflich oder privat, hat sie schon immer eine
Kurzgeschichte oder ein Gedicht geschrieben und auch
vorgetragen. Heute ist das kreative Schreiben für sie zu
einem wichtigen Hobby geworden.**
**Die Autorin ist pensionierte Lehrerin für
Textverarbeitung, Kurzschrift und Bürowirtschaft.**

<u>**Ihr sechstes Buch:**</u>
Liebe und Glück fliegen einem zu!

Inhaltsverzeichnis

Route der Schiffsreise:

Tag 1: Rio de Janeiro/Brasilien - Tag 2: Seetag
Tag 3: Salvador da Bahia/Brasilien
Tag 4: Maceió/Brasilien
Tag 5: Recife/Brasilien
      Tag 6 – 8: Seetage
Tag 9: Santa Cruz de Tenerife (Teneriffa)
      Tag 10: Seetag
Tag 11: Funchal (Madeira)
Tag 12: Casablanca (Marokko)
      Tag 13 - 14: Seetage
Tag 15: Savona (Italien)

Recife
Maceió

Salvador da Bahia

Rio de Janeiro

Schiffsreise von Rio de Janeiro bis Savona (Italien)

„Ich freue mich riesig darauf, an Bord dieses großartigen Schiffes von Rio de Janeiro bis Savona zu reisen. Jetzt wird mein lang ersehnter Traum endlich wahr!" Das erzählte Linda Wolfgang beim Abendessen mit einem schönen Lächeln im Gesicht.

„Ja, auch ich freue mich sehr, endlich einmal eine Schiffsreise zu machen und du bist auch dabei. Ich bedanke mich nochmals für deine Einladung, liebe Linda", flüsterte Wolfgang und küsste Linda innig.

„Dann bedanke ich mich auch sofort für den Flug nach Rio de Janeiro und für die Heimreise mit dem Bus von Savona, die du ja bezahlt hast. Die Vorfreude sorgt jetzt auch bei mir für ein heftiges Kribbeln im Bauch", erklärte Linda lachend.

Anschließend beschäftigten sie sich mit den Ausflügen in Rio.

Wolfgang las langsam die Ausflüge vor. „Wir müssen dann schon um 6 Uhr aufstehen, denn beide Ausflüge, nämlich zum Zuckerhut und zur Christus-Statue, finden ja am selben Tag statt. Im Flugzeug können wir dann schon mal ein bisschen vorschlafen", sagte Wolfgang lachend.

Wolfgang und Linda trafen am 7. September 2022 um 05:30 Uhr im Frankfurter Flughafen ein, um nach Rio de Janeiro zu fliegen und von dort aus mit dem Costa-Schiff die Schiffsreise bis Savona (Italien) anzutreten.

Der Flug startete pünktlich um 06:30 Uhr, mit einem Zwischenstopp um 09:20 Uhr am Flughafen Adolfo Suárez Madrid-Barajas. Die Wartezeit von 2 Stunden und 50 Minuten verbrachten sie gemütlich im Flughafen-Restaurant. Dort frühstückten sie auch und tranken eine Kanne Kaffee.

Im Flugzeug saß ein junger, sympathischer Mann in der anderen Sitzgruppe neben Linda. Vor dem Start steckte sich Linda ein Kaugummi in den Mund. Die Hände des Mannes auf der anderen Seite neben Linda zitterten. Linda fragte ihn, ob er Angst vor dem Start hätte. Dies bejahte er. Linda gab ihm dann sofort zwei Kaugummis und erklärte ihm, dass die Angst durch das Kauen des Kaugummis verschwindet. Der junge Mann nahm das Kaugummi und steckte es sofort in den Mund. Er kaute sehr verkrampft auf dem Kaugummi herum. Dann schloss er die Augen, bewegte seine Füße heftig und krallte seine Hände in die Armstütze.

Linda sagte dann zu ihm: „Bitte, sind Sie ganz ruhig. Atmen Sie 3-mal hintereinander tief in Ihren Bauch hinein! Das entspannt und Ihnen wird sofort die Angst genommen.“

Nach ca. 10 Minuten öffnete er seine Augen wieder und war ganz entspannt. Er bedankte sich sofort überschwänglich bei Linda für ihre Hilfe.

Um 17:45 Uhr landeten sie im Flughafen Rio de Janeiro-Antônio Carlos Jobim. Auf ihre Koffer mussten sie lange warten. Von vier Passagieren fehlten die Koffer sogar. Am Ausgang wartete ein großer Bus auf die Reisenden. Es dauerte ca. 45 Minuten, bis sie am Kreuzfahrthafen Pier Mauá eintrafen und das Schiff von Weitem schon sehen konnten. „Es ist sagenhaft schön, dass wir es bis hierhin ohne Probleme schon mal geschafft haben", äußerte Linda.

Im Flughafen in Rio tauschten sie 100 Euro und bekamen 525 BRL (Brasilianischer Real) dafür.

Willkommen an Bord!

Die Einschiffung verlief reibungslos. Bis zum Eintreffen ihrer Koffer blieben sie auf ihrer Kabine. Ein Steward klopfte an ihrer Tür und schob ihre Koffer in die Kabine.

<u>Ansage vom Kapitän:</u>

<u>Alle Gäste sind jetzt an Bord!</u>

<u>Ihre Traum-Kreuzfahrt</u>

<u>kann sofort beginnen!</u>

Das Abendessen nimmt man ja immer zu einer festen Zeit und auch immer am selben Tisch auf dem Schiff ein.

Die Ober standen am Eingang des Restaurants und sie zeigten jedem Passagier seinen reservierten Tisch für das Abendessen.

„Ich will endlich mal im Trend sein und Urlaub auf See machen, denn Kreuzfahrten sind ja nur was für reiche Witwen", sagte eine Dame lachend beim Abendessen.

„Dieses Klischee ist doch längst schon überholt. Es ist doch auch eine bequeme Rundreise ohne das Kofferpacken", rief der Ober, als er an dem Tisch vorbeiging.

„Freuen Sie sich denn auch schon auf unsere morgigen Landausflüge?", fragte eine junge Dame am Tisch.

„Ja! Natürlich! Wir müssen nach dem Abendessen auch sofort zum Schlafen auf unsere Kabine gehen", antwortete Wolfgang und lächelte alle Personen am Tisch an.

Ein dunkelhaariger Herr an Lindas Tisch sagte dann noch: „Ein Kreuzfahrtschiff ist doch wie ein Familienhotel." „Das stimmt!", antwortete Linda.

Nach einer Weile standen alle Personen auf und verabschiedeten sich voneinander.

Am nächsten Morgen hatte jemand einen Brief
unter die Kabinentür
von Linda und Wolfgang geschoben.
Linda öffnete den Brief und war geschockt.

„Hallo, Chef!
Ich bin auch an Bord mit meiner Mutter.
Vielleicht können wir ja mal gemeinsam mit Ihrer
zukünftigen Frau und meiner Mutter
zu Mittag essen. Liebe Grüße
an Ihre zukünftige Frau. Ihre Sekretärin Viola.
Wir wohnen in der Kabine 2019."

Als Wolfgang aus dem Bad kam, gab Linda ihm den Brief von Viola. „Ich bin geschockt", sagte sie.

„Deine Sekretärin ist mit ihrer Mutter hier an Bord."

Wolfgang war wütend und schrie: „Das darf doch nicht wahr sein. Die spinnt doch. Das ist mein Fehler. Ich habe ihr nämlich verraten, dass wir mit dem Costa-Schiff eine Kreuzfahrt ab Rio de Janeiro unternehmen. Damit habe ich natürlich nicht gerechnet, dass sie mir bis aufs Schiff folgt. Es tut mir aufrichtig leid, liebe Linda, dass Viola jetzt auf dem Schiff ist."

„Warten wir mal ab, wie sie sich verhält. Wenn sie dich ständig verfolgt, beschweren wir uns bei ihrer Mutter und beim Kapitän, das verspreche ich dir. Vielleicht kann ich ja auch ein ernstes Wort mit ihr reden, dass sie dir in deinem Urlaub aus dem Weg zu gehen hat", äußerte Linda und kratzte sich am Hinterkopf.

„Wir lassen uns unsere schöne Reise von ihr nicht vermiesen, das verspreche ich dir. Wenn sie zu aufdringlich ist, dann drohe ich ihr mit der Kündigung. Basta!", schimpfte Wolfgang mit Wut im Bauch.

Ausflüge in Rio de Janeiro

Mit der Zahnradbahn fuhren sie zur Christus-Statue „Christus, der Erlöser" (Statue Cristo Redentor), einem der neuen 7 Weltwunder auf dem Gipfel des Corcovado. Der Hausberg Rios, der Corcovado (der „Bucklige"), ist 710 m hoch und wird von der 30 m hohen Christus-Statue gekrönt, die schützend die Hände über die Stadt und zur Guanabara-Bucht hält.

Rio de Janeiro liegt eingebettet in einer sagenhaft schönen Landschaft.
Die Fahrt führte vorbei am Nationalpark Tijuca und entlang der weltberühmten Strände Copacabana und Ipanema. Sie bilden zusammen die Seele von Rio de Janeiro.

Nach der Lagune Rodrigo de Freitas erreichten sie das elegante und gemütliche Wohnviertel Cosme Velho mit den sehr schönen historischen Herrenhäusern, die aus der Jahrhundertwende der alten Kaffeebarone stammen, die am Fuße vom Corcovado erbaut wurden. Weiter fuhren sie zum Palácio das Laranjeiras, die offizielle Residenz des Gouverneurs des Bundesstaates Rio de Janeiro im Eduardo Guinle Park.

Rio mit dem Zuckerhut, der 394 m hoch ist, und die Christus-Statue auf dem Hausberg Corcovado.

Gegenüber auf dem Berg Corcovado steht die weltberühmte Christus-Statue.

Danach ging die wunderschöne Fahrt zum

berühmten Zuckerhut

im Stadtviertel Urca.

Mit der Seilbahn fuhr die Gruppe zum Gipfel des
berühmten Zuckerhuts, der 394 m hoch ist.
Die Begeisterung stand in ihren Gesichtern.
Sie genossen auch den
schönen Panoramablick auf die Stadt.

<u>**Der Zuckerhut besteht aus Granit.**</u>

Rio ist auch bekannt wegen des jährlich stattfindenden Karnevals. Die vielfarbige Parade der Sambaschulen gehört zu den größten Paraden der Welt.

Mit diesem offenen Bus fuhren die Ausflügler weiter zur Kathedrale in Rio de Janeiro.

Kathedrale
Metropolitana
de São Sebastião

(Heiliger Sebastian)

in
Rio de Janeiro.

Die Rückfahrt zum Hafen führte an den Stränden Ipanema, Botafogo und Flamengo vorbei durch den historischen und den sehr modernen Teil des Stadtzentrums.

Das <u>Theatro Municipal do Rio Janeiro</u> haben sie sich auch von innen angeschaut. Das <u>Maracanã-Stadion</u> sahen sie von Weitem.

Ihre erste Kreuzfahrt bescherte ihnen einen strahlend blauen Himmel und türkisblaues Meer.

Der 1. Seetag

Der Wecker klingelte um 7 Uhr.
Sie schalteten das Bordradio ein und wurden
von Frederik geweckt. Anschließend
duschten sie und gingen ins Fitness-Center.

Das Fitness-Center besuchten sie immer an einem Seetag.

8:30 Uhr war Frühstückszeit.
Sie aßen Obst, Müsli oder ein Käsebrot, Omelett,
tranken 2 Tassen Kaffee und 2 Tassen Tee.

Die Zeitung lasen sie um 9:30 Uhr
und entspannten sich auf dem Lido-Deck.
Ab 11 Uhr gab es <u>eine heiße Bouillon</u> oder
frisch gebackene *Crêpes* auf dem Lido-Deck bei
leiser Musik und jeder las in seinem Buch.

**Um 12:30 Uhr stand das Mittagessen im
Restaurant auf dem Programm.** Salat, Fisch mit
Gemüse und Obst aßen sie meistens.

<u>**Um 14:30 Uhr wurde ein Tanzkurs,** ein
Videokurs, ein Englischkurs oder … angeboten.</u>

**Linda und Wolfgang nahmen immer gerne
an dem Tanzkurs teil.**

<u>Von 15 bis 16 Uhr probte der Gästechor.</u>

**Nach der Chorprobe setzten sie sich auf die
gepolsterten Sessel, tranken einen Kaffee und
ließen ihren Blick durch die Panoramafenster in
die Ferne schweifen.**

**Auf einmal hielt jemand Wolfgang von hinten die
Augen zu und sagte: „Wer bin ich? Können Sie
das erraten?" Wolfgang drehte seinen Kopf nach
links und erblickte Viola lachend.
„Hallo Chef und hallo, liebe zukünftige Ehefrau
meines Chefs! Wie geht es Ihnen denn so? Sie**

haben wunderschön gesungen. Wann ist denn Ihr Chorauftritt? Ich würde gerne als Zuschauerin dabei sein." Linda und Wolfgang standen auf und begrüßten Viola per Handschlag.

„Wann wir unseren Auftritt haben, das steht im Tagesprogramm", sagte Linda und sie fragte Viola: „Wie gefällt es Ihnen und Ihrer Mutter denn hier an Bord?" „Meine Mutter ist gestürzt und liegt im Bett. Das Essen wird ihr täglich aufs Zimmer gebracht. An unseren Ausflügen können wir auch nicht teilnehmen, weil ich mich ja um meine Mutter kümmern muss", antwortete Viola mit Tränen in den Augen. „Sie haben sich doch auf diese tolle Kreuzfahrt gefreut und jetzt müssen Sie immer an Bord bleiben. Das tut uns aber sehr leid", sagte Wolfgang und reichte Viola ein Taschentuch, weil sie schon wieder weinen musste. Dann klingelte Violas Handy. „Ich muss jetzt gehen, meine Mutter erwartet mich."

<u>Um 17 Uhr ging der Alarm mit siebenmal kurz und dann einmal lang los. Es fand die Seenotrettungsübung auf dem Schiff statt.</u>
Alle Passagiere mussten ihre Schwimmweste anziehen, die in der Kabine deponiert ist. Die Fluchtwege stehen auf einem Plakat in der Kabine. Dann ging es gemeinsam mit den Offizieren und allen Passagieren an die Reling zu den Rettungsbooten.

<u>Einen schlechten Witz erzählte ein Herr:</u>
„Bei Seenot nicht um die Boote ringen, auch nicht über Bord springen, sondern winkend an der Reling stehen, um dem Rettungsboot mit Kapitän und Offizieren nachzusehen."
<u>Alle Passagiere mussten herzhaft lachen.</u>

<u>**Von 18 bis 19 Uhr fand im Bordkino
eine Information über die Ausflüge des
nächsten Tages statt.**</u>

<u>**Um 19 Uhr wurde das Abendessen serviert.**</u>

Da sie am nächsten Tag den nächsten Hafen anfuhren und Ausflüge auf dem Programm standen, gingen sie nach dem Abendessen sofort auf ihre Kabine.

<u>**„Land in Sicht!", rief der Kapitän am Morgen
durch den Lautsprecher von der Brücke.**</u>

Salvador da Bahia
(Brasilien)

Die Küstenstadt Salvador da Bahia (auch Salvador de Bahia oder kurz: Salvador genannt) gehört zu den 10 größten Städten Brasiliens und ist die Hauptstadt des nordöstlichen Bundesstaates Bahia. Gegründet wurde sie 1549 und sie war von 1549 bis 1763 die Hauptstadt Brasiliens.
<u>**Seit 1960 ist Brasilia die Hauptstadt.**</u>

Salvador da Bahia ist eine der ältesten Städte des Landes und war lange Zeit wichtigster Hafen für den Sklaven-Import aus Afrika.
Mit dem Bus fuhren sie durch <u>die kleine Stadt Barra, vorbei am Leuchtturm „Farol da Barra"</u> und weiter in die <u>Oberstadt des historischen Bahias.</u> Ein 2-stündiger Rundgang durch die historische Altstadt, die auch zum UNESCO-Weltkulturerbe ernannt wurde, stand auf dem Programm.

Die <u>Franziskanerkirche mit Kloster São Francisco (St. Franziskus)</u> haben sie auch in Augenschein genommen.

Palácio Rio Branco in der Oberstadt von Salvador ist der Nachfolge-Bau des ersten Regierungsgebäudes = war einst Sitz des ersten Gouverneurs von Brasilien.

72 m hoch ist der Aufzug (4 Lifte) zur Unter- und Oberstadt in Salvador da Bahia.

Die <u>bedeutendsten Sehenswürdigkeiten der Unterstadt sind: der Mercado Modelo, der Markt von São Joaquim und die traditionsreiche Kirche Igreja do Bonfim.</u>

Am Zaun der Kirche Igreja do Bonfim werden bunte Bändchen als Wunschträger aufgehängt.

Drei Knoten stehen für drei Wünsche. Wenn das Band abfällt, gehen die Wünsche in Erfüllung.

Mit seinen kopfsteingepflasterten Gassen, an die sich pastellfarbene Fassaden und prächtige Kirchen schmiegen, ist das Stadtviertel Pelourinho die wohl schönste Gegend von Salvador da Bahia.

Maceió in Brasilien

**<u>Maceió = die Stadt des Wassers
ist von 22 Lagunen umgeben.</u>**

Die Stadt entwickelte sich aus einer im 18.
Jahrhundert gegründeten Zuckerrohrplantage. Sie
zählt heute über eine Million Einwohner und ist seit
**1839 <u>Hauptstadt des brasilianischen
Bundesstaates Alagoas.</u>**
Sie unternahmen eine kurze Fahrt in den
historischen Stadtteil Jaraguá und erkundeten die
alten Gassen mit eng aneinander liegenden Bars und
fuhren vorbei an dem
<u>Stadion „King Pele" (= Estádio Rei Pelé),</u>
benannt nach dem berühmten
brasilianischen Fußballspieler.
Anschließend ging es zu dem historischen **Platz
Montepio dos Artistas Alagoanos.** Hier beginnt ein
exklusives Wohngebiet mit hübschen Villen.

Auf der Weiterfahrt sahen sie die **Kirche Bom Jesus
dos Martirios, das Regierungsgebäude,** das im
neoklassischen Stil erbaute **Teatro Deodoro und
die Alagoas Academy.** Danach gelangten sie zum
Praça Dom Pedro II. und besichtigten die **Catedral
Metropolitana de Maceió.**
Ein kurzer Stopp folgte an einer Aussichtsterrasse
am **Hügel São Gonçalo do Amarante** mit der
gleichnamigen Kapelle. Zum Schluss wurde noch ein
wunderschöner Kunsthandwerkermarkt besucht.

Recife in Brasilien

Recife, Stadt des Wassers und die Hauptstadt des brasilianischen Bundesstaates Pernambuco.

Der Name Recife bedeutet Riff. Die Stadt ist von einem Riff umgeben, welches bei Ebbe bewundert werden kann.

Unzählige Kanäle, die die Stadt durchziehen, überspannt von alten Steinbrücken und modernen Hochstraßen, **haben Recife den Spitznamen „Venedig Brasiliens" eingebracht.**

Die Fahrt führte durch alte und moderne Stadtteile, vorbei an öffentlichen Plätzen, Denkmälern, Palästen und Kirchen.

In Olinda

befindet sich in dem sehr hübschen und farbenfroh gestalteten Haus der Artes do Imaginário Brasileiro ein <u>Kunsthandwerksladen mit Eisdiele, ein tropischer Garten und ein Fischteich.</u>

Haus der Artes do Imaginário Brasileiro.

<u>„Auf geht es, macht die Leinen los,</u>
<u>es sind alle Passagiere an Bord!",</u>
ertönte es durch den Bordlautsprecher.

<u>1. Chorauftritt am Seetag</u>
<u>auf dem Lido-Deck.</u>

Singen verbindet und macht glücklich.

Nach unserem Auftritt bekam jeder Sänger ein Glas Sekt vom Kapitän spendiert.

Wolfgang hielt Ausschau nach Viola, aber sie war nicht zu dem Chorauftritt gekommen. Da Wolfgang ja Violas Handynummer kannte, rief er sie auch sofort an. „Viola, wir haben Sie bei unserem Seemanns-Chorauftritt heute sehr vermisst. Wie geht es Ihrer Mutter denn heute?",

fragte Wolfgang.
„Chef, wo sind Sie denn jetzt?", wollte Viola
wissen. „Wir sitzen auf dem Lido-Deck vor der
Bar", antwortete Wolfgang. „Okay, dann komme
ich jetzt zu Ihnen", antwortete Viola.

Linda stand auf und holte ein Stück Kuchen für
sich und für Wolfgang. Beiden schmeckte der
leckere Kirschstreuselkuchen. Wolfgang holte
sich noch ein Stück von dem leckeren
Käsekuchen.

Wegen Viola
fiel Wolfgang hin.

Viola lief zu Wolfgang an das Kuchenbuffet und
umarmte ihn so heftig, dass der Kuchenteller und
Wolfgang zu Boden fielen. Der Teller zerbrach.

Linda hat die ganze Situation beobachtet und war
zornig und sehr wütend. Sie lief sofort zu
Wolfgang hin, hob ihn auf, nahm seinen Arm und
brachte ihn zurück an ihren Tisch auf dem Lido-
Deck.

Ein Ober lief zu Wolfgang an den Tisch und fragte
ihn: „Soll ich den Schiffsarzt rufen?" Wolfgang
verneint dies und antwortete: „Nein, danke, das
müssen Sie nicht tun, denn es geht mir ja schon
wieder etwas besser. Danke für Ihre Hilfe."

Viola stand plötzlich vor Wolfgang. „Chef, ich
bitte um Entschuldigung. Das wollte ich natürlich

nicht, dass Sie stürzen und sich verletzen." „Was fällt Ihnen denn ein, Ihren Chef auf den Boden zu werfen? Sind Sie noch ganz dicht? Wir wollen mit Ihnen nichts mehr zu tun haben. Hauen Sie sofort ab! Ich hoffe, Sie halten sich daran, uns endlich in Ruhe zu lassen. Sie verderben uns ja unseren schönen Urlaub."

Das Schiff schwankte plötzlich. Viola lief sofort vom Lido-Deck weg und stürzte über die Türschwelle. Linda lief zu ihr hin und half ihr beim Aufstehen. Viola setzte sich auf einen Stuhl. Ihr Unterschenkel blutete. Ein Passagier gab ihr ein Papiertaschentuch, damit sie das Blut wegwischen konnte.

„Es tut mir sehr leid, was heute passiert ist", sagte Viola mit Tränen in den Augen. „Das wollte ich natürlich nicht, dass mein Chef hinfällt und sich verletzt. Aber ich war so glücklich, als ich ihn sah und dann musste ich ihn auch sofort umarmen.

Er ist der beste Chef, den man sich wünschen und vorstellen kann. Er hat für alle Pannen immer Verständnis und auch immer ein offenes Ohr für jedes Problem. Sie kennen ihn ja auch und wissen, dass er ein wunderbarer Mensch ist, deshalb heiraten Sie ihn ja auch demnächst.

Hoffentlich ist er jetzt nicht zornig und wütend auf mich und schmeißt mich aus seiner Abteilung. Ich habe große Angst, jetzt vor die Tür gesetzt zu werden", äußerte Viola mit Tränen in den Augen.

„Nein, so etwas würde Wolfgang nie tun, da bin ich mir ganz sicher. Ich rede aber diesbezüglich mit ihm. Sie können sich auf uns verlassen, liebe Viola. Ich gebe Ihnen mein Ehrenwort", erwiderte Linda und kniff die Lippen zusammen.

Dann kam auch schon der Schiffsarzt mit einer Trage und sie hoben Viola auf die Trage und nahmen sie mit.

Linda marschierte wieder zurück zu Wolfgang an den Tisch. „Heute ist nicht unser bester Tag. Es ist eher unser schlechtester Tag seit Reisebeginn", fluchte Linda.

„Wolfgang, ich finde es wichtig, dass du auch zu dem Schiffsarzt gehst, damit er sich mal deine Hüfte, deine Beine und deinen Körper ansieht. Was hältst du davon?", fragte sie und hatte Tränen in den Augen.

„Okay! Ich bin damit einverstanden, wenn du jetzt den Schiffsarzt kontaktierst und um einen Termin bittest."

„Super, danke! Das beruhigt mich jetzt", sagte Linda lächelnd und küsste Wolfgang sehr innig. Sofort machte sie sich auf den Weg zum Schiffsarzt. Sie lief zu Fuß die Treppe hinunter und sah schon von Weitem den Schiffsarzt vor der Treppe stehen. Sie rief laut: „Hallo, Herr Doktor, kann ich Sie kurz sprechen?"

Er lächelte und antwortete: „Ja! Natürlich! Ich warte hier auf Sie."

Linda lief etwas schneller und stand schwer atmend vor ihm. „Guten Tag, Herr Doktor! Mein Mann ist auf dem Lido-Deck gestürzt. Könnten Sie sich bitte mal seine Hüfte anschauen? Wann könnte er denn zu Ihnen in die Sprechstunde kommen?", fragte Linda und verzog ihr Gesicht.

„Sie können sofort mit Ihrem Mann zu mir kommen. Bitte benutzen Sie aber den Lift, damit er nicht so viele Treppen steigen muss", erwiderte der Schiffsarzt.

„Danke, Herr Doktor, Sie sind ein Engel!"

Linda lief sofort zurück zum Lido-Deck und teilte Wolfgang die Überraschung mit, dass sich der Schiffsarzt sofort um ihn kümmern würde.

Sie hakte sich bei Wolfgang ein und dann liefen sie gemeinsam zum Aufzug.

„Guten Tag! Legen Sie sich bitte auf die Liege", murmelte der Arzt. Wolfgang hatte ja noch seinen Jogginganzug an, der mit Sicherheit einige Kratzer abgefangen hat.

Bis auf einen blauen Fleck an der Hüfte wurde nichts entdeckt. „Kommen Sie bitte morgen um 18 Uhr nochmals zu mir in die Sprechstunde", verlangte der Arzt.

Am Abend gingen Wolfgang und Linda nach dem Abendessen sofort auf ihre Kabine. Am nächsten Morgen tat ihm die Stelle mit dem blauen Fleck an der Hüfte noch weh, aber der Schmerz behinderte ihn nicht.

Er konnte sich wieder gut bewegen und auch ohne Schmerzen gehen. Bis auf den Schmerz an dem blauen Fleck hatte er keine Einschränkung mehr, wenn er zu lange auf dem Stuhl saß. Am nächsten Tag ging Wolfgang nochmals in die Sprechstunde zu dem Schiffsarzt. Die Hüfte wurde geröntgt, aber es wurden keine Veränderungen an der blauen Stelle festgestellt.

„Na, da hatten Sie ja mal pures Glück, dass nichts gebrochen oder schwer verletzt wurde an Ihrer Hüfte. Die Schmerzen müssten in 3 bis 4 Tagen verschwunden sein. Sollte dies nicht der Fall sein, dann melden Sie sich bitte nochmals bei mir. Ich wünsche Ihnen noch eine schöne Zeit auf dem Schiff und auf Ihren Ausflügen“, teilte der Schiffsarzt Wolfgang freundlich mit.

„Ich habe noch eine Frage, Herr Doktor. Darf ich denn auch ins Fitness-Center gehen?“ „Ja, das dürfen Sie! Aber bitte sofort reagieren, wenn Ihnen eine Bewegung schmerzt. Auch nichts übertreiben!“, erwiderte der Arzt. Wolfgang bedankte sich noch per Handschlag bei dem Doktor für seine Hilfe.

Etwas verspätet gingen Sie ins Restaurant. Der Ober kümmerte sich aber nicht um sie. Linda ging dann zu einem Ober hin und fragte nach, ob sie noch etwas zu essen bekommen könnten.

„Entschuldigung, aber ich hatte gedacht, Sie hätten schon zu Abend gegessen. Ich komme sofort an Ihren Tisch und bringe Ihnen die Abendspeisekarte. Ich bitte nochmals um Entschuldigung.“

Santa Cruz de Tenerife (Teneriffa)

ist die Hauptstadt der Insel Teneriffa.

Teneriffa ist die größte der Kanarischen Inseln.

Zu Fuß liefen sie durch
Santa Cruz de Tenerife.

In dem Küstendorf San Andrés, ca. 9 km nördlich von Santa Cruz de Tenerife, befindet sich der Strand Playa de las Teresitas mit Sand aus der Sahara.

**Mit dem Bus fuhren sie zum Aussichtspunkt
„Mirador Playa de las Teresitas"
in Santa Cruz de Tenerife.
Die Fahrt führte die Ausflügler weiter nach**

Candelaria (Teneriffa).

**Sie liegt etwa 20 Kilometer südlich von
Santa Cruz de Tenerife am Meer.**

**In Candelaria besichtigten sie die
Basilika und die Wallfahrtskirche.**

**Die Bronze-Statuen der
9 Guanchenkönige stehen am Meer.**

Heute ist wieder ein Seetag.

„Schatzi, den Tag werden wir gemütlich angehen und uns auch dabei ein bisschen erholen. Lass uns nach der Dusche das Frühstück auf dem Lido-Deck einnehmen und danach im Pool schwimmen gehen", schlug Wolfgang vor. Linda war mit seinem Vorschlag einverstanden.

Sie setzten sich so an einen Tisch hin, dass sie auf das türkisblaue Meer blicken konnten. „Wir nehmen uns jetzt die Zeit, um das reichhaltige Frühstücksbuffet zu genießen", meinte Linda mit einem schönen Lächeln im Gesicht. Sie genossen den herrlichen Blick aufs Meer. So weit das Auge reichte, sahen sie nur blaues und blaugrünes Wasser. Linda genoss den Blick auf das Wasser, die Wellen und das Auf und Ab der Schiffsbewegung mit einem Cappuccino. Anschließend schwammen sie noch ca. 45 Minuten im Pool.

Um 11 Uhr gingen sie zum Vortrag des Lektors für den morgigen Ausflug in Funchal. Sie lernten Interessantes über die Insel Madeira und einige Orte kennen, die sie sich morgen anschauen wollen.

Nach dem Mittagessen fand wieder eine Chorprobe statt. Anschließend nahmen sie an der Tanzveranstaltung teil. Sie tanzten sehr gut, denn Wolfgangs blauer Fleck an der Hüfte verursachte ihm keine Schmerzen mehr.
„Jetzt aber ab in die Koje!", äußerte eine Dame nach dem Abendessen lachend, die an Lindas Tisch vorbeiging.

Funchal/Madeira

Das Fischerdorf befindet sich südlich der Insel, ca. 5 km westlich von Funchal entfernt. Viele bunte Fischerboote lagen im Hafen.

Berühmt wurde das Fischerdorf durch den britischen Premierminister Winston Churchill, der den Ort auf vielen seinen Bildern verewigte.

Fischerdorf Câmara de Lobos.

**Im Dorf „Ribeira Brava" am Meer
haben sie die schöne Kirche
„Igreja Matriz de São Bento" besichtigt.**

Wallfahrtsort Monte.

Einige Reisende besichtigten die Wallfahrtskirche „Nossa Senhora do Monte". Sie ist auch die Grabstätte des letzten Kaisers Karl I. von Österreich.

**Anschließend fuhren sie wieder zurück nach
Funchal und besuchten den „Tropischen
Garten" und den „Botanischen Garten".**

Sie hatten einen schönen Blick über die Altstadt und das Meer.

Funchal

Tropischer Garten
in
Funchal.

Tropischer
Garten in
Funchal.

"Botanischer Garten"
in Funchal.

Casablanca (Marokko)

Vom Hafen Casablanca <u>ging die Fahrt nach Rabat, zur Hauptstadt des Königreichs Marokko.</u> Sie unternahmen eine Stadtrundfahrt und fuhren vorbei am

<u>Königspalast, am Mausoleum,</u> wo die Überreste von König Mohammed V. liegen, am <u>Hassan-Turm, dem Wahrzeichen von Rabat,</u> <u>und durch die Altstadt von Rabat = Medina.</u>

Die <u>Kasbah der Oudaias</u> in der marokkanischen Hauptstadt Rabat wurde im 12. Jahrhundert angelegt. Sie ist eine <u>Festungsanlage. Zu Fuß liefen sie zur Kasbah und schauten sie sich an.</u>

Mausoleum von König Mohammed V. in Rabat.

Jetzt standen 2 Seetage auf dem Programm.

Nach der <u>Fußwanderung auf dem Sonnendeck</u> gingen Linda und Wolfgang <u>frühstücken</u> und anschließend <u>ins Fitness-Center.</u> Serviert wurde ihnen das Mittagessen vor der Chorprobe.

Chorprobe

Mit Krücken und Kompressionsverband am Bein marschierte Viola zum Lido-Deck. Ein Passagier sagte zu ihr: „Na, dann hat das Umarmen des Herrn gestern Ihnen ja Pech gebracht. Das haben Sie jetzt davon. Ha, ha." Dann stand er auf und tippte mit seinem rechten Zeigefinger an seine Stirn und sagte: „Sie haben ja einen Vogel."

Viola ging zum Kuchenbuffet und bat den Ober, ihr ein Stück Kirschkuchen und eine Tasse Kaffee an ihren Tisch zu bringen.

Sie setzte sich an einen freien Tisch hin, unmittelbar neben dem Buffet.

Linda und Wolfgang haben sie beobachtet und dann setzten sie sich an ihrem Tisch um, um Viola nicht mehr anschauen zu müssen.

Nach einer Weile stand Viola plötzlich vor Wolfgang.

„Chef, es tut mir sehr leid, was ich bei Ihnen angerichtet habe. Bitte, verzeihen Sie mir. Wie geht es Ihnen denn heute?", fragte sie.

„Der blaue Fleck an der Hüfte tut mir immer noch weh, aber sonst ist alles okay." „Wie geht es Ihnen denn heute, Viola?", erkundigte sich Linda.

„Vom Knöchel meines Unterschenkels ist was abgebrochen. Durch die Gipsbandage, die ich jetzt tragen muss, sind die Schmerzen aber zu ertragen. Das Laufen mit Krücken muss ich erst noch lernen, das ist nicht so einfach", antwortete sie.

„Wie geht es Ihrer Mutter denn?", fragte Wolfgang. „Sie läuft jetzt wieder und liegt auch nicht mehr so lange im Bett. Jetzt macht sie aber erst mal ihren Mittagsschlaf."

„Tun Sie mir einen Gefallen, liebe Viola?", fragte Linda. „Ja, aber natürlich sehr gerne", erwiderte Viola.

„Versprechen Sie mir, dass Sie Ihren Chef nie mehr umarmen, nur an seinem Geburtstag?"

Viola verzog ihr Gesicht und antwortete nicht, sondern verließ mit Wut im Bauch das Lido-Deck.

Das Abendessen gab es am Buffet. Linda holte sich noch eine Portion Salat. Als sie sich umdrehte, wurde sie von Viola mit der Krücke zur Seite gedrängt.

Ein Mann konnte Linda aber auffangen, sodass nichts passiert ist. „Entschuldigung, aber ich habe Sie nicht gesehen", äußerte Viola und errötete.

„Ich glaube, es ist besser, wenn ich nicht mehr zum Buffet laufe", sagte Viola und verzog ihr Gesicht. „Sie können ja auch das Abendmenü essen, das wird Ihnen an den Tisch serviert", sagte der Mann zu Viola, der Linda aufgefangen hatte. „Danke, das mache ich auch ab morgen", rief Viola dem Mann noch lächelnd nach.

<u>Der Chor-Auftritt fand abends nach dem Abendessen statt.</u>

Im Frühstücksraum saßen nur wenige Gäste. Wolfgang und Linda frühstückten etwas später als sonst, weil sie spät zu Bett gegangen sind. Nach dem ersten Schluck Kaffee sagte Linda: „Wolfgang, an unserem Lieblingsplatz, nämlich hier auf dem Lido-Deck, fällt es mir leicht, mich wohlzufühlen. Denn hier stimmt einfach alles: die Atmosphäre, das Essen, deine Nähe und der Ausblick auf das schöne azurblaue Meer."

„Ja, meine Liebste, da hast du mal wieder recht. Ich genieße auch die Zweisamkeit mit dir, denn ich schaue nur dich an. Ist dir das schon aufgefallen?", fragte Wolfgang leise. Linda musste lachen und antwortete: „Du bist halt mein Liebster, deshalb schaust du auch gerne nur mich an. Danke, mein Liebling."

<u>Zitat von Greta Garbo:</u>
„Wirklich reich ist ein Mensch nur dann, wenn er das Herz eines geliebten Menschen besitzt."

„Also, ich fühle mich sehr reich", teilte Linda Wolfgang lachend mit. „Ja, wenn das so ist, dann bin ich natürlich auch superreich. Ich besitze nämlich auch das schöne Herz eines geliebten Menschen", äußerte Wolfgang. Er drehte sich um, schaute Linda an und küsste sie sehr liebevoll.

„Mein Liebling! Wenn ich dich anschaue, dann spüre ich eine körperliche Anziehungskraft, wie ich sie seit Jahren nicht mehr hatte. Ich bin so froh, dass wir uns begegnet sind, uns lieben und auch sehr gut miteinander auskommen."

Viola setzte sich an einen freien Tisch hin. Ein Herr, der an ihrem Tisch vorbeiging, sagte zu ihr: „Kann ich ein Foto von Ihnen haben? Ich sammle nämlich nur sehr schöne Bilder von Naturkatastrophen." Sie antwortete mit wutverzerrtem Gesicht: „Sprechen Sie mich bitte nie wieder an!"

Der Herr lachte laut und verließ den Frühstücksraum.

Eine Dame vom Chor ging zu Linda an ihren Tisch, begrüßte sie und fragte nach, ob denn heute nochmals eine Chorprobe stattfinden würde.

Linda meinte: „Ich weiß es nicht, aber fragen Sie doch bitte mal an der Rezeption nach. Die müssten doch informiert sein."

„Gute Idee, das mache ich jetzt sofort", erwiderte die Dame und verabschiedete sich.

Straße von Gibraltar bis Savona (Italien)

Am nächsten Tag fuhren sie <u>durch die Straße von Gibraltar bis Savona (Italien)</u>.

2 Seetage durften sie noch an Bord genießen.

Sie wachten am Morgen auf, schauten aus dem Fenster und sahen das grünblaue Wasser des Meeres und zwei Segelboote.

Im gestrigen Tagesprogramm
standen 3 schöne Zitate:

„Das Flüstern des Windes und das Rauschen der See schenken einem das Glück, einfach zu existieren." (Unbekannt)

„Zu reisen ist zu leben."
(Hans Christian Andersen,
dänischer Dichter und Schriftsteller.)

„Einmal im Jahr solltest du einen Ort besuchen, an dem du noch nie warst." (Dalai-Lama)

„Heute werden wir mal wieder von der Sonne geküsst, die uns vom Himmel aus anlacht. Ich glaube, wir gehen heute nach dem Frühstück mal in die Sauna. Die müssen wir nämlich unbedingt noch testen", teilte Linda Wolfgang vergnügt und froh gelaunt mit. In der Sauna sangen sie das Lied: „Ein Schiff wird kommen ..." Einige Gäste sangen auch sofort mit.

Am Vortag bekam jeder Passagier eine schriftliche Zusammenstellung der seemännischen Ausdrücke und Bezeichnungen, die man auf dem Schiff verwendet, sowie die Seemannssprache und die Seemannssprüche mit dem Tagesprogramm für das Frage- und Antwortspiel geschenkt.

Am Nachmittag stand ein Frage- und Antwortspiel auf dem Programm.

„Wie nennt man einen Matrosen,
der sich nie wäscht?" *„Ein Meerschweinchen",
rief eine Dame lachend.*

„Seite des Schiffs in Fahrtrichtung links?"
„Backbord", meinte ein Herr.

„Seite des Schiffs in Fahrtrichtung rechts?"
„Steuerbord", sang ein junger Mann.

„Wie nennt man das Schiffshinterteil?"
„Heck", schrie die Kellnerin.

„Wie heißt der vordere Teil des Schiffes?"
„Bug", buchstabierte ein Mann.

„Wie nennt man ein Schiffstau?"
*„Gei, Reep oder Stag. Es gibt aber auch noch
mehr Bezeichnungen", sagte ein Herr.*

„Wie nennt man die Seezeichen?"
„Bake oder Boje", rief eine Dame.

„Wie lautet der Seemannsruf?"
„Ahoi", riefen alle Damen und Herren.

„Wie heißt die dem Wind abgewandte
Schiffsseite?" *„Lee", schrie jemand.*

„Ritual der Seeleute?"
„Die Äquatortaufe", murmelte ein Herr.

__„Wie heißt die dem Wind__
__zugewandte Schiffsseite?“__
„Luv“, antwortete eine Dame.

__„Wie heißt der Anlegeplatz für Schiffe?“__
„Kai, Pier oder Hafen“, äußerte ein Herr.

__„Wie nennt man den Schiffstachometer?“__
„Log oder Loguhr“, rief ein Matrose.

__„Name des Meerestiefenmessers?“__
„Echolot“, schrie ein Passagier.

__„Was sagt man zu einem gemästeten Rind?“__
„Mastochse“, rief der Ober lachend.

__„Wie nennt man die Küche auf dem Schiff?“__
„Das ist die Kombüse“, sagte der Schiffsarzt.

__„Wie nennt man den Koch eines Schiffes?“__
„Schiffskoch oder Smutje“, antwortete Linda.

__„Wie heißt der Schlaf- und Wohnraum auf dem__
__Schiff?“__ *„Kabine oder Kajüte“, rief ein Herr.*

__„Wie nennt man das Herz und die Seele eines__
__Schiffes?“__ *„Kombüse = Küche“, schrie jemand.*

__„Wie lautet die Bezeichnung für Matrosen und__
__Seeleute bei der Marine?“__
„Blaue Jungs“, murmelte eine Dame.

__„Name der Mannschaft des Schiffes?“__ *„Crew =*
Besatzung eines Schiffes“, äußerte Linda.

__„Wie lautet der Lohn der Seefahrer?“__
„Heuer“, riefen die Kellner.

„Wie nennt man das Manöver zur
Eroberung eines Schiffes?“
„Entern“,
antwortete ein Herr und zog eine Grimasse.

„Wie nennt man ein Unglück an Bord?“
„Havarie“, schrie ein Mann.

„Wie heißt die erste Fahrt eines Schiffes?“
„Jungfernfahrt“, johlte eine Dame.

„Wie nennt man die Einheit für die
Geschwindigkeit eines Seeschiffes?“
„Ein Knoten, der entspricht einer Seemeile
pro Stunde = 1,85 km“,
sagte ein Steward.

„Wie heißt das Geländer auf einem Deck?“
„Das ist die Reling“, äußerte eine Dame.

„Ein erfahrener Seemann heißt?“
„Seebär“, jubelte Wolfgang.

„Wie bezeichnet man den 1. Offizier
und ständiger Vertreter des Kapitäns,
der auch für die Navigation verantwortlich ist?“
„Das ist der Steuermann“, rief ein älterer Herr.

„Passagiere betreten das erste Mal das Schiff?“
„Einschiffen nennt man das“, sagte ein Ober.

„Zugang vom Hafenterminal zum Schiff?“
„Das ist doch die Gangway“, schrie eine Dame.

„Wer ist der Chef des Schiffes?“
„Natürlich der Kapitän“, sang ein junger Mann.

**„Wie nennt man das,
wenn ein Schiff den Hafen verlässt?"**
„Auslaufen", äußerte ein Gast.

„Wie nennt man die runden Kabinenfenster?"
„Bullauge", sagte eine Dame.

**„Passagiere werden vom Schiff zum Hafen
mit kleineren Booten gebracht?"**
„Das sind die Tenderboote", rief ein Herr.

**„Ein Gast verlässt nach seiner Reise
endgültig das Schiff?"**
„Ausschiffen nennt man das", schrie jemand.

„Seemannsgruß bei der Begrüßung?"
„Ahoi", sang ein Kellner.

„Seemannsgruß beim Abschied?"
Auch „ahoi", antwortete die Kellnerin.

**„Wo notiert der Kapitän
wichtige Ereignisse und Daten?"** *„Im
Logbuch = Schiffstagebuch", äußerte ein Herr.*

**„Wenn ein Schiff einen Hafen nicht anfahren
kann, dann muss es in weiter Entfernung zum
Hafen den Anker auswerfen und liegt dann?"**
„Auf Reede", sagte eine Dame.

**„Wie nennt man jemanden, der nicht zur See
fährt oder Angst vor dem Wasser hat?"**
„Das ist eine Landratte", rief ein Ober lachend.

**„Wie heißt das Gerät zur vorübergehenden
oder dauernden Befestigung
eines Schiffes am Grund?"**
„Das ist der Anker", erklärte der Schiffsarzt.

**„Schutzheilige oder Schutzpatron
der Seeleute?"**
„Das ist Erasmus", murmelte ein Herr.

**„Wie nennen die Seeleute das Sprachrohr
bzw. das Megafon?"**
„Das ist die Flüstertüte", schrie ein Gast.

**„Wie heißt der Hilferuf,
Nachricht oder Mitteilung,
die in eine Flasche gesteckt wird
und der See übergeben wird?"**
*„Das ist natürlich
die Flaschenpost,
die kennt doch jeder Mensch",
rief ein älterer Mann.*

**„Wie nennt man den Ort auf dem Schiff,
wo sich der Kapitän und seine Kollegen
aufhalten?"**
*„Das ist die Kommando-Brücke.
Die haben wir zu Beginn
unserer Reise besichtigt",
sagte Wolfgang.*

**Bei der Brückenführung
sagte ein Passagier zu dem Kapitän
und den Matrosen:**
*„Wir wünschen dem Schiff
und seiner Besatzung
allzeit gute Fahrt und immer
eine Handbreit Wasser unter dem Kiel!"*

**„Wie nennt man das Servicepersonal
auf einem Kreuzfahrtschiff?"**
„Steward oder Stewardess", rief ein Steward.

Seemannssprüche:

„Mann über Bord!" „Klar Schiff machen."
„Lieber besoffen als abgesoffen."
„Lieber Rum trinken als herumsitzen."
„Lieber 2-mal Ehebruch als 1-mal Mastbruch!"

„10 Minuten vor der Zeit, das ist des
Seemanns Pünktlichkeit."

„Schnarcht der Skipper (Kapitän einer
Segeljacht) in der Koje,
rammt die Crew fröhlich eine Boje."

„Warst du auf dem Mittelmeer?
Hast du keine Mittel mehr."

„Wenn Segler abends einen heben,
benehmen sie sich oft daneben."

„Steht der Segler voll im Schweiß,
ist es August und sehr, sehr heiß."

„Es gibt kein schlechtes Wetter (außer Flaute =
Windstille), sondern nur schlechte Kleidung!"

„Geht die Sonne auf im Westen,
solltest du den Kompass testen."

„Auf einem Schiff, das schwimmt und
schwabbelt, ist einer drauf, der immer
dämlich sabbelt!" *Ein Gelächter brach aus.*

„Seht, wie die Wellen sich senken und heben,
das ist das wahre Seemannsleben."

„Die Seele ist das Schiff. Das Herz ist das
Steuer und die Wahrheit ist der Hafen."

Tanzabend in der Atlantik-Lounge

Vor dem Abendessen bewunderten sie noch einmal den schönen Sonnenuntergang. Es war ein sehr schönes Farbenspektakel.

Anschließend nahmen sie am Kapitänsdinner teil, das auf dem Programm stand. Es ist ein besonderes Abendessen auf dem Schiff, das zu Beginn und zum Ende der Reise serviert wird. Der Kapitän begrüßt bzw. verabschiedet sich dann auch persönlich von allen Gästen.

Nach dem Abendessen gingen sie in die Atlantik-Lounge, um am Tanzabend teilzunehmen. Es wurden langsame Walzer, Slowfox und Tango gespielt. Es war ein sehr fröhlicher und vergnügter Abschiedsabend.

Letzter Tag auf See

Am nächsten Morgen packten sie nach dem Frühstück ihre Koffer und gingen anschließend ins Fitness-Center.

Linda ging aufs Laufband und Wolfgang stieg mit Hanteln in den Händen zuerst aufs Fahrrad. Anschließend benutzte er das Rudergerät, die Klimmzugstange und auch noch den Crosstrainer.
Viola hatten sie seit ein paar Tagen nicht mehr gesehen. Darüber waren sie froh und vermissten ihre Anwesenheit auch nicht.

Das Mittagessen aßen sie auf dem Lido-Deck. Danach gingen sie wieder zurück auf ihre Kabine und ruhten sich aus.

Plötzlich klopfte jemand an ihre Kabinentür. Linda öffnete die Tür und vor ihr stand Viola. „Ich habe eine Bitte an Sie. Könnten wir uns gleich zum Kaffee auf dem Lido-Deck treffen?", fragte Viola ganz aufgeregt.

„Okay, wir sind dann so in 15 Minuten auf dem Lido-Deck", erwiderte Linda. Viola ging zurück zum Aufzug. Wolfgang wachte auf und Linda erzählte ihm, dass Viola eine Bitte an sie loswerden möchte. „Ich würde vorschlagen, dass wir jetzt einen Kaffee und ein Stück Kuchen auf dem Lido-Deck zu uns nehmen."

Viola saß mit ihrer Mutter an einem großen Tisch. Linda fragte: „Dürfen wir uns zu Ihnen setzen?" „Ja! Natürlich! Nehmen Sie doch bitte Platz", antwortete Viola. Linda holte 2 Kuchenstücke vom Buffet und anschließend auch noch zwei Tassen Kaffee.

„Viola, was haben Sie denn auf dem Herzen?", fragte Linda mit einem Lächeln im Gesicht. Viola reagierte aber nicht sofort. Linda wartete noch eine Weile, bis sie ihre Frage wiederholte.

„Wir fahren ja morgen früh auch wieder nach Hause. Chef, könnten Sie bitte unsere Koffer aus dem Bus auf einen Wagen stellen? Ich fahre dann den Wagen mit meiner Mutter zu dem Bus, der uns nach Hause fährt. Der Busfahrer stellt die Koffer ja dann in den Gepäckraum des Busses ab. In Mannheim werden wir ja abgeholt."

„Viola, das mache ich doch sehr gerne für euch", antwortete Wolfgang.

„Danke, Chef, Sie sind der beste Mensch der Welt", sagte Viola noch zu Wolfgang. Dann stand ihre Mutter auf und beide verließen das Lido-Deck.

Linda holte ihren Reisebericht aus der Kabine und fuhr wieder hoch zum Lido-Deck. Wolfgang las die Zusammenfassung zuerst durch.

„Deine Beschreibung ist großartig. Alle Orte hast du sehr gut beschrieben. Du bist halt die beste Sekretärin der Welt", äußerte Wolfgang und lächelte Linda an.

Von Savona fuhren die Reisenden mit einem Reisebus wieder nach Hause

Am 22.09.2022 kamen sie abends in Mannheim am Hauptbahnhof an. Sie charterten ein Taxi und fuhren nach Hause.

Wolfgang blieb noch bis Dienstagnachmittag bei Linda. So gegen 17 Uhr verabschiedeten sie sich sehr liebevoll und Linda versprach Wolfgang, ihn in den nächsten Wochen eine längere Zeit zu besuchen.

Am nächsten Morgen, so gegen 9 Uhr, klingelte Adelheid mit ein paar Kuchenstücke auf dem Teller bei Linda. Linda war überrascht und glücklich, dass sie den Morgen nicht ohne Frühstück verbringen musste.

Wolfgang hatte ja am Vortag alle Bilder von der Kreuzfahrt auf Lindas Computer gespeichert. Nach dem ausführlichen Plausch und dem leckeren Kuchen gingen sie in Lindas Büro. Dort sahen sie sich die Bilder der Kreuzfahrt auf dem Computer an.

„Ich beneide euch für eure schöne Reise und die fantastischen Eindrücke und Bilder, die ihr mitgebracht habt. Jetzt bin ich auch ein bisschen neidisch auf euch", äußerte Adelheid lachend.

„Nein, neidisch oder eifersüchtig musst du nicht sein! Nach unserer Hochzeit könnten wir doch gemeinsam mit Fritz und Wolfgang eine Kreuzfahrt unternehmen. Was hältst du von meinem Vorschlag? Das wäre doch toll, das wäre doch toll …", sang Linda sehr laut und bewegte dabei auch ihren Oberkörper.

„Wenn Fritz mal Zeit hat, dann könnten wir die Bilder ja nochmals gemeinsam mit ihm anschauen. Wie findest du meinen Vorschlag?", fragte Adelheid neugierig. „Ja, das machen wir natürlich dann, wenn auch Wolfgang hier bei mir ist. Seinen Kommentar zu den Bildern musst du dir auch unbedingt anhören", schlug Linda vor.

Im Februar 2023 rief Lindas Sohn an und teilte seiner Mutter mit, dass die Hochzeiten an dem Feiertag des „Hawaii-Lei-Day", nämlich am 1. Mai 2023 stattfinden. „Ihr könnt dann ja schon vorher anreisen. Im Mai bis September gibt es auch weniger Regentage", verriet Martin seiner Mutter. „Das ist ein sehr schöner Termin, denn Wolfgang hat immer an einem 1. Geburtstag, und zwar am 1. April", erzählte Linda mit einem Lächeln im Gesicht.
„Ich möchte aber, dass eure Hochzeit zuerst stattfindet. Das ist mir sehr wichtig. Besprich das bitte mal mit Britta, ob sie auch meiner Meinung ist. Wenn das nicht so ist, dann bin ich auch damit einverstanden, wenn wir zuerst getraut werden", sagte Linda.
Martin antwortete: „Mami, in 14 Tagen haben wir unsere Diplom-Arbeit fertig und dann bin ich Diplom-Wirtschaftsinformatiker und Britta ist dann Rechtsanwältin.

Wir würden uns freuen, wenn wir in die Kanzlei meines Vaters einsteigen könnten."

„Das ist ja eine Super-Idee von euch. Ich werde euch dann nächste Woche schon mal in der Kanzlei anmelden", antwortete Linda und sang sofort das Lied: „So ein Tag, so wunderschön wie heute. Dein Vater würde sich auch sehr darüber freuen. Ich gehe heute noch auf den Friedhof und erzähle ihm die Überraschung", erklärte Linda ihrem Sohn sehr aufgeregt. Dann verabschiedeten sie sich.

Linda rief sofort Wolfgang an und erzählte ihm die Neuigkeiten. Auch Wolfgang freute sich sehr über die beruflichen Aussichten für Britta und Martin. „Wolfgang, ich habe vor, dich nächsten Sonntag zu besuchen. Musst du dann arbeiten?", fragte sie noch. „Das ist ja prima!", sagte Wolfgang lachend. „Nein, ich muss dann nicht arbeiten. Ich werde mir auch ein paar Tage freinehmen, um mit dir hier durch die Gegend zu fahren", sang Wolfgang froh gelaunt.

„Schatzi, könntest du dann deinen Laptop mit den Bildern mitbringen? Die werde ich dann meinen Mitarbeitern vorführen. Natürlich darfst du auch dabei sein", plauderte Wolfgang und sang zusammen mit Linda das Lied: So ein Tag, so wunderschön wie heute.

Nach dem Gesang verabschiedeten sie sich sehr freundlich.

Linda fuhr am Valentinstag zu Wolfgang

Sie rief Wolfgang mittags an und verriet ihm, dass sie schon im Zug sitzt und so gegen 17:40 Uhr in Bitterfeld eintreffen würde. Wolfgang war nicht begeistert, rief aber: „Juchhu, juchhu". Dann erklärte er ihr, dass er leider nicht pünktlich am Bahnhof stehen könne, weil er noch einen sehr, sehr wichtigen Termin wahrnehmen müsste. Sie sollte im Bahnhofsrestaurant auf ihn warten. Sie schaltete ihr Smartphone nicht aus, sodass sie Wolfgangs Auseinandersetzung mit einer Frau hören konnte. Wolfgang sagte: „Ich muss leider unser heutiges Treffen absagen, denn ich habe ein wichtiges Geschäftstreffen in der Firma." Danach hat er sein Handy ausgeschaltet. Linda war sauer.

Der Valentinstag ist ja ein Tag der Freundschaft und der Liebe.

Mit einem roten Rosenstrauß holte Wolfgang Linda im Bahnhofsrestaurant ab. Er erklärte ihr, dass er eigentlich heute eine Verabredung mit der Nachmieterin seiner Wohnung gehabt hätte, die er aber absagen musste. Die Nachmieterin kommt dann morgen zu mir, um sich die Wohnung anzuschauen.

Jetzt fiel Linda ein Stein vom Herzen. Sie dachte nämlich, dass er sie betrügen würde.

Hochzeit auf Hawaii am 1. Mai 2023

Mitten im Pazifik liegt die Inselgruppe Hawaii und gehört zu den USA. 137 Inseln gehören zu Hawaii. Davon sind nur 8 bewohnt, aber nur 6 für Touristen zugänglich, nämlich die Inseln: Oahu, Maui, Kauai, Hawaii Island, Molokai und Lanai.

„Aloha" bedeutet auf Hawaii: **„Mach's gut!" „Hallo!" „Tschüss!" „Willkommen!" „Auf Wiedersehen!" „Liebe und Zuneigung."** In Deutschland hat die auf Hawaii geschlossene Ehe rechtliche Gültigkeit. Trauzeugen sind auf Hawaii nicht erforderlich.

Martin, Lindas Sohn, hat für die Hochzeit auf Hawaii eine Agentur beauftragt. Ca. 3 Monate nach der Trauung erhalten die Brautleute dann ihre Dokumente in Deutschland. **Für die Anerkennung der auf Hawaii geschlossenen Ehe** muss das Brautpaar **bei dem deutschen Standesamt eine beglaubigte Kopie der Heiratsurkunde und eine Apostille** [1] einreichen. Im Service der Agentur sind die Beantragung und die Gebühren beider Dokumente inbegriffen.

Da Klaus und Linda verwitwet sind, müssen sie noch das Datum und den Ort des Todes ihrer Ehepartner angeben.

---

[1]: Das ist eine Beglaubigungsform im internationalen Urkundenverkehr.

Auf der drittgrößten Insel Oahu auf Hawaii
fand die Hochzeit statt.
Gefeiert wurde in dem Hotel Kahala - in einem Stadtteil der Hauptstadt Honolulu.

Von der sehr gepflegten Gartenanlage des Hotels hatte man einen direkten Zugang zum Strand.

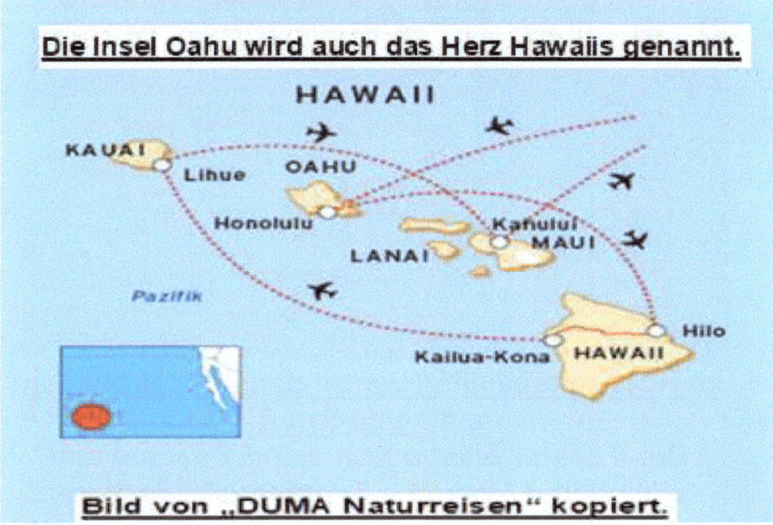

Was braucht man für ein Liebesrezept?

2 Herzen, 5000 g Liebe, 200 ml Romantik,
1 Schuss Leidenschaft, 500 g Vertrauen,
3 Esslöffel Geduld und eine kleine Prise Humor.

**Im Hochzeitspavillon wartet dann der Bräutigam
auf seine Braut.**
Der Priester bläst durch seine Muschel und
signalisiert, dass die Trauung jetzt beginnt.

Anschließend folgt der Tausch der Ringe
und das Ehegelöbnis
wird dem Geistlichen nachgesprochen.
Der Ring hat weder Anfang noch Ende.
Genauso sollte die Liebe der Menschen sein,
nämlich ewig glücklich bleiben.

Freunde haben für das Brautpaar
ein Herz aus Muscheln und deren Vornamen
in den Sand geschrieben.

Barfuß lief das Brautpaar durch den warmen Sand.

Das große rote Herz musste das Brautpaar ausschneiden.

Der Bräutigam trug seine Braut anschließend durch das ausgeschnittene Herz.

Danach bekam das Brautpaar je eine
hawaiianische Lei (= Blumenkette) aus frischen
Orchideen und ein rotes Herz geschenkt.
Auf dem Herz stand: „Aloha!".

Während des Mittagessens sagte ein Freund
des Brautpaares:

„Lieben heißt alles miteinander teilen!"

„Ich schenke euch jetzt
10 gute Wünsche für eure Ehe:

Harmonie,
Liebe,
Gesundheit,
Glück,
Zufriedenheit,
Frohsinn,
Vertrauen,
Humor,
Verständnis und viel
Freude."

Eine Freundin stand auf
und teilte Martin Folgendes mit:

„Wo die Liebe den Tisch deckt,
schmeckt das Essen am besten.

Die Königin der Kochrezepte ist aber
die Fantasie.
Denk bitte immer daran, lieber Martin."

„Ja, das stimmt genau", riefen alle Gäste.

Nach dem Mittagessen las Lindas Freundin
einen Spruch vor,
der auf einer Hochzeitskarte stand.

„Liebe ist eine Wolke!
Wenn man nicht aufpasst,
wird sie vom Wind zerfetzt!

Liebe ist eine Wolke!
Manchmal öffnet sie sich und es regnet
oder ein Gewitter geht los!

Liebe ist eine Wolke!
Es kann sein, dass sie immer größer wird
und mit all ihrer Wucht
die Sonne verdrängt!

Liebe ist eine Wolke!
Manchmal ist sie rosarot, manchmal grau!

Liebe ist eine Wolke!
In ihrer Gegenwart kann man herrlich träumen."
(Verfasser unbekannt)

Am Nachmittag sang Brittas Mutter etwas
abgeändert das Lied von Connie Francis:

„Die Liebe ist kein seltsames Spiel,
sondern sie ist sehr echt.
Denn sie kommt und geht von Martin zu Britta.
Sie nimmt beide an die Hand
und gibt ihnen auch sehr viel.
Ja, die Liebe ist kein seltsames Spiel."

Am nächsten Tag nach dem Mittagessen
<u>las Brittas Onkel diesen Text vor:</u>

<u>„Warnung an alle Männer!</u>
Jüngling in den reifen Jahren,
willst du nehmen, eine Frau?
Hüte dich vor den Gefahren,
überleg es dir genau.

Hüte dich vor Liebeskummer.
Hüte dich vor der schwersten Stunde.
Willst du was zum Spielen haben?
Kauf dir lieber einen Hund.

Mitgift hat er freilich keine.
Alle Gäste klatschten in die Hände.
Dieser Hund, er wird dir treu sein,
weißt du das auch von deiner Frau?

Dieser Hund weint keine Tränen,
niemals braucht er Aspirin.
Abends hat er nicht Migräne
und auch nie nichts anzuziehen.

Willst du eine Reise machen?
Dann kannst du ruhig den Wauwau
deinem Freund in Pflege lassen.
Mach das mal mit deiner Frau.

Vor dem Schaufenster begehrlich
stehen die Frauen wie im Traum.
Doch der Hund steht, oh wie herrlich,
höchstens mal an einem Baum.

Ist er alt und dir zuwider, dann verkaufst du den
Wauwau und kaufst dir einen neuen wieder.
Mach das mal mit deiner Frau.“

Alle Gäste klatschten in die Hände und ein Gelächter brach aus.

Ein anderer Gast sagte
auch einen Spruch:
„Glück findest du nicht,
wenn du es suchst, sondern wenn du zulässt,
dass es dich findet!"

Wolfgang holte den Briefumschlag,
den Viola ihm zur Hochzeit geschenkt hatte,
aus seiner Tasche.

Vorne stand Folgendes drauf:
Chef, öffnen Sie diesen Umschlag bitte erst
nach Ihrer Hochzeit.

Wolfgang nahm 3 Blätter mit Hochzeitssprüchen
aus dem Umschlag.
„Ich habe eine Idee", sagte er.
„Ich schneide alle Hochzeitssprüche aus
und verteile sie unter euch.
Jeder darf dann einen
oder zwei Sprüche vorlesen."

Alle Gäste waren damit einverstanden.

Chef, Sie haben Glück!
Glück ist nämlich ein Haus,
in dem ein Lachen wohnt.

Das Herz einer Liebsten
ist ein Wohnort für die Seele.

Hochzeitssprüche

„Eine Hochzeit ist eine Landung,
die wie ein Start aussieht."
*(Paul Hubschmid,
Schweizer Film- und Theaterschauspieler)*

Verheiratet zu sein heißt:
Lieben und geliebt zu werden und
ein Team zu sein, und zwar Tag für Tag!

Das Geheimnis einer glücklichen Ehe liegt
in nur vier Worten: „Du hast recht, Schatz!"
„Wer die Liebe und Treue schätzt,
wie das tägliche Brot, leidet in jeder Beziehung
keine Not." *(Ruth Mall, Neustadt)*

„Wo Liebe ist, wird das Unmögliche möglich."
(Buddha)

„Zwei Herzen, die eins sind, reißen ein
Gebirge nieder." *(Persisches Sprichwort)*

„Liebe ist, wenn jemand deine Sturheit,
deine Stimmungsschwankungen
und Schwächen kennt und deinen Charakter
trotzdem wundervoll findet." *(Autor unbekannt)*

„Wer den anderen liebt, lässt ihn gelten, so wie
er ist, wie er gewesen ist und wie er sein wird."
(Michel Quoist, Theologe und Autor)

„Der schönste Weg ist der gemeinsame."
(Unbekannt)

„Die Erfahrung lehrt uns, dass die Liebe nicht
darin besteht, dass man einander ansieht,
sondern dass man in die gleiche
Richtung blickt." *(Antoine de Saint-Exupéry)*

„Die begrenzte Liebe sucht
den Besitz des anderen, doch
die grenzenlose Liebe verlangt nichts
anderes als zu lieben!" *(Khalil Gibran)*

„Schön ist eigentlich alles, was man
mit Liebe betrachtet." *(Christian Morgenstern)*

„Eine gute Ehe hängt von zwei Dingen ab:
1. den richtigen Menschen zu finden und
2. der richtige Mensch zu sein."
(H. Jackson Brown)

„Die Ehe ist wie ein Telefon:
Wenn man nicht richtig gewählt hat,
ist man falsch verbunden."
(Doris Day, US-Schauspielerin)

„Die Ehe ist eine Brücke, die man täglich neu
bauen muss, am besten von beiden Seiten."
(Ulrich Beer, deutscher Psychologe)

„Liebe ist das Einzige, was sich verdoppelt,
wenn man es teilt." *(Unbekannt)*

„Nimm dir Zeit für die schönen Momente des
Lebens und genieße jede Sekunde." *(Unbekannt)*

„Wo du der Liebe die Tür öffnest, macht sie aus
einem Haus ein Zuhause." *(Unbekannt)*

„Gesundheit, Liebe & schöne Momente sind der
wahre Reichtum des Lebens." *(Unbekannt)*

„Um den vollen Wert des Glücks zu erfahren,
brauchen wir jemanden,
um es mit ihm zu teilen!"
(Mark Twain, amerikanischer Schriftsteller)

„Glücklich sein bedeutet nicht,
das Beste von allem zu haben, sondern das
Beste aus allem zu machen." *(Unbekannt)*

„Ich bin ein wahrer Glückspilz!
Ich habe nämlich jemand ganz Besonderes
gefunden, der weiß, dass ich nicht perfekt bin,
aber mich so behandelt, als wäre ich es."
(Unbekannt)

„Glück ist, wenn der Verstand tanzt, das Herz
atmet und die Augen lieben." *(Albert Einstein)*

„Zu Hause ist, wo die Liebe wohnt,
wo Erinnerungen geboren werden,
wo Freunde jederzeit willkommen sind,
wo immer ein Lächeln auf dich wartet."

„<u>Familienregeln:</u> Miteinander lachen,
einander helfen, Spaß haben, wild, frech und
wunderbar sein. Anderen Menschen zuhören,
ehrlich sein, mit geschlossenem Mund kauen.
Freiräume zulassen, Glücksmomente genießen,
einander lieb haben."

„Liebe lässt Schmetterlinge tanzen ..."

„Wer die kleinen Dinge im Leben schätzt, hat
den wahren Weg zum Glück gefunden."
<u>(Diese Zitate sind unbekannt)</u>

„Lebe, sei glücklich
und mache andere glücklich."
(Mary Shelley, englische Schriftstellerin)

„Unsere wahre Aufgabe ist es,
glücklich zu sein." *(Dalai-Lama)*

„Lerne ruhig zu bleiben. Nicht alles verdient
eine Reaktion." *(Fernöstliche Weisheit)*

„Das Glück deines Lebens hängt von
der Beschaffenheit deiner Gedanken ab."
(Marc Aurel, römischer Kaiser)

„Super, toll und wundervoll",
schrien alle Gäste.

Am nächsten Tag flogen alle Gäste, auch Wolfgangs Söhne, wieder zurück in ihre Heimat.

Wolfgang und Linda fuhren am Mittag zum Waikiki Beach und nahmen dort 2 Stunden am Surfunterricht teil. Dabei lernten sie 2 Ehepaare aus Stuttgart und ein Paar aus Detmold kennen.

Die drei Paare buchten eine Bootsfahrt für den nächsten Tag an der Rezeption.

Linda und Wolfgang standen in der Nähe und schlossen sich dann spontan dem Vergnügen auch an.

3-Sterne-Bootsfahrt

Am Abend nahmen Linda und Wolfgang an einer 3-Sterne-Bootsfahrt vor der Küste von Oahu mit einem leckeren 5-Gänge-Abendessen und Live-Unterhaltung bei Sonnenuntergang teil.

Sie wurden mit einem Glas Champagner auf dem Schiff empfangen. Zu essen gab es am Abend verschiedene Meeresfrüchte, Steaks, Nudeln, Reis, verschiedene Salate, Käse, Obst, Pudding und einige Eissorten. Bier, Champagner, Tee, Orangensaft und Kaffee wurden auch angeboten.

Nach dem Sonnenuntergang beobachteten sie die leuchtenden Farben, die sich auf dem Diamond Head (Berg) widerspiegelten.

Anschließend folgte Live-Unterhaltung und schöne bunte hawaiianische Tänze.

An ihrem Tisch saßen auch die 3 Paare, die sie beim Surfunterricht kennengelernt hatten. Als die Männer gemeinsam zur Toilette gingen, fragte eine Frau Linda: „Sind Sie schon lange verheiratet?" „Nein, erst seit dem 1. Mai d. J." „Ach, so ist das. Darum werden Sie auch ständig von Ihrem Ehemann geküsst, wir aber nicht. Mein Mann hat mich schon seit Monaten nicht mehr geküsst", verriet die blonde Dame, die Inge.

„Die Liebe ist bei uns verflogen, die Luft ist raus, die Ehe kaputt – und das schon seit 3 Jahren", erzählte Maria, die dunkelhaarige Frau, und sie hatte Tränen in den Augen.

Dann ergriff Katharina, die Dame aus Detmold, das Wort und sagte lächelnd: „Nach dem Tode meines Mannes fühlte ich mich wieder wohl. Ich hatte weniger Arbeit, war zufrieden und war auch gar nicht auf Partnersuche, denn ich wollte alleine sein und auch bleiben. Aber die Liebe ist voller Überraschungen. Es begegnen sich zwei fremde Menschen. Plötzlich knistert es, aber keiner traut sich, den anderen Menschen anzusprechen. So war das bei mir und meinem neuen Freund. Er sprach mich aber an und fragte nach dem Weg zu einem Restaurant in Detmold. Als ich ihm den Weg erklärt hatte, lud er mich aus Dankbarkeit zu einem Getränk in dem Restaurant ein. Das war genau vor 5 Jahren. Seitdem sind Ralf und ich Freunde und sehr glücklich. Mit ihm fühlt sich alles perfekt an. Wir versuchen auch nicht, den Partner zu verändern oder seine Hobbys einzuschränken. Wenn wir uns treffen, dann blühe ich auf, denn wir haben auch immer viel Spaß miteinander“, erzählte uns Katharina mit einem Lächeln im Gesicht.

Als die Männer wieder am Tisch saßen, sagte die Inge zu ihrem Mann: „Werner, stell dir vor, das Ehepaar links von uns ist erst seit 2 Tagen verheiratet.“

„Man muss auch immer miteinander reden“, äußerte Werner wütend. „Spricht Ihre Frau denn nicht mit Ihnen?“, fragte Wolfgang neugierig. „Sie hat zwar ein sonniges Gemüt, aber das teilt sie lieber mit ihren Freundinnen als mit mir. Mit denen spricht sie auch täglich lange am Telefon, mit mir aber nicht", erzählte Werner und verzog sein Gesicht.

Sofort ergriff Linda das Wort und sagte: „Für uns ist es die 2. Ehe nach dem Tode unseres Ehepartners. Wir haben natürlich schon ein bisschen Erfahrung, wie man sich in der Ehe verhalten sollte, damit es keine Probleme gibt.

Für uns folgt jetzt der süße Herbst des schönen zweiten Lebens. Wir turteln (sich verliebt verhalten) auch immer miteinander, wenn wir uns sehen. Wir gehen immer Hand in Hand spazieren, kuscheln gerne und lieben den Sonnenschein des Partners. Ich wusste gar nicht mehr, dass es so etwas wie Liebe für mich noch gibt.

Eine neue Liebe oder auch Partnerschaft muss auf Vertrauen, Liebe, Treue, Zuneigung und Ehrlichkeit aufbauen.

Liebe sollte nicht nur als Hormonbotschaft verstanden werden, sondern die Beziehung muss gelebt werden. Wichtig sind auch Verständnis, Entgegenkommen, Vertrauen, Wertschätzung, Übereinstimmungen und den Partner so zu nehmen, wie er ist. Das ist ein sehr großer und langer Lernprozess. Das Schicksal hilft uns aber dabei, dass es nie langweilig wird. Zweitehen sind nicht immer glücklicher als die erste Ehe, nämlich dann nicht, wenn der zweite Partner eifersüchtig auf die Kinder aus der ersten Ehe ist. Die Kinder stehen dann im Vordergrund und die 2. Ehefrau empfindet sich nur so als Randfigur. Man muss auch immer miteinander über Probleme sprechen.

Jetzt schreiben wir alle mal in 5 Minuten auf, was wir an unserem Partner bzw. unserer Partnerin am meisten lieben. Ich schaue auf die Uhr“, forderte Linda von allen Anwesenden. „Los geht‘s“, rief Linda laut.

<u>Wolfgang schrieb Folgendes nieder:</u>
Linda ist die Dame meines Herzens. Wir verstehen uns immer und lieben uns sehr. Wir besprechen auch jeden abgelaufenen Tag miteinander. Keiner von uns ist auch auf die Kinder der Partnerin bzw. des Partners neidisch oder eifersüchtig. Dass ich sie getroffen habe, ist für mich ein riesiges Geschenk und Glück. Es ist besser als ein Lottogewinn.

<u>Lindas Aufzeichnungen:</u>
Wir lieben uns mit Haut und Haar und es ist eine Liebesehe, keine Vernunftehe. Wolfgang ist der Mann meines Herzens. Wir verstanden uns auf Anhieb. Für uns folgt jetzt der Herbst unseres Lebens, und zwar voller Freude, Liebe, Farbe usw. Es ist einfach wunderschön, dass uns das in unserem Alter noch passiert ist.

<u>Werner verfasste einen einzigen Satz:</u>
Inge kann am besten kochen und backen und hat ein sonniges Gemüt, aber davon bekomme ich leider nie etwas geschenkt.

<u>Inge schrieb Folgendes auf:</u>
Worüber soll ich denn mit Werner reden? Er hockt doch von morgens bis abends am liebsten vor dem Fernseher. Wenn ich ein Gespräch mit ihm beginnen möchte, dann sagt er sofort: ‚Jetzt nicht, ich muss unbedingt die Sendung sehen‘.

Katharina schrieb Folgendes auf ihrem Blatt:

Seitdem ich Ralf getroffen habe und wir ein Paar sind, fühle ich mich glücklich, wundervoll, bin sehr zufrieden und wir haben auch immer viel Spaß miteinander. Uns verbinden auch sehr viele Gemeinsamkeiten. Ralf fährt gerne Ski, ich auch. Ralf tanzt sehr gerne und ich tanze auch freudig und mit viel Vergnügen gerne mit ihm.

Ralf schrieb Folgendes auf:

Katharina ist für mich ein Geschenk des Himmels. Ich sah sieh und überlegte nicht lange, wie ich mit ihr ins Gespräch kommen könnte. Wir haben sehr viele gemeinsame Hobbys. Katharina backt und kocht auch sehr gut. Ohne sie möchte ich nicht mehr leben. Wir sind nicht verheiratet, aber wir lieben uns mehr als verheiratete Paare.

Marias Aufzeichnungen:

Klaus ist ein Genie. Er kocht, backt und repariert alles in und an unserem Haus. Wir feiern in 5 Jahren unsere goldene Hochzeit. Klaus und ich harmonieren immer noch und lieben uns sehr, und zwar so wie am 1. Tag. Gestritten haben wir uns noch nie. Wenn jemand anderer Meinung ist, dann muss man dies auch respektieren. Ich freue mich sehr auf unser Rentnerdasein in 5 Jahren.

Klaus verfasste folgendes Gedicht:

Maria liebe ich wirklich in hohem Maße. Sie ist auch für mich die schönste und beste Frau in unserer Straße. Sie griff nach mir, und schon war es passiert. Ich mache alles für Maria, damit sie auch nicht friert. Sie hat mich auch noch nie blamiert, schockiert oder gar beschmiert. Die Zeitung liest sie immer sehr konzentriert.

Anschließend durfte jeder seine Geheimnisse vorlesen.

Danach schrien alle am Tisch:

„Toll, super, wunderbar, juchhu, hurra!"

Alle klatschten in die Hände
und freuten sich über die Geheimnisse,
die nicht jeder voneinander kannte.

Katharina meldete sich zu Wort und sagte: „Darf ich euch ein Zitat von dem deutschen Komiker Karl Valentin, der 1882 geboren wurde und 1948 starb, mit auf den Weg geben, dass ich etwas abgeändert habe?" Sofort schrien alle: „Ja, sehr gerne. Da sind wir aber gespannt."

„Jedes Ding und jeder Mensch hat drei Seiten:
eine positive,
eine negative
und eine komische."
„Die müssen wir aber alle toll finden."

Danach folgte keine Reaktion.

„Ich glaube, Ihr habt den Spruch nicht verstanden", sagte Katharina lächelnd zu den Tischnachbarn.

„Ich bin der Meinung, dass es keine Situation gibt, wo man den anderen Menschen beschimpfen oder angreifen muss. Wenn alle Leute nach diesem Zitat leben würden, dann gäbe es nur liebenswerte und zufriedene Menschen hier auf unserer schönen Erde", versicherte Katharina und klatschte in die Hände. „Habt Ihr das jetzt auch alle kapiert?", fragte sie und zog eine Schnute. Alle nickten mit dem Kopf.

Maria ergriff das Wort und sagte: „Liebe Katharina, ich bin mir sicher, dass wir alle in Ruhe mal darüber nachdenken müssen. Stimmt Ihr mir zu?", fragte sie neugierig. „Ja, so machen wir es!", riefen alle.

Inge fragte die Runde: „Warum müssen Menschen denn immer nur streiten, meckern und schimpfen, sich auch noch in den Vordergrund spielen und so tun, als wüssten sie alles besser?" „Die haben vielleicht zu viel Ziegenfleisch gegessen", rief Maria. Alle mussten lachen.

„Vielleicht ist das auch die Unsicherheit der Person zu ihrem oder seinem Vertrauen, zu ihrem Selbstbewusstsein, zu seiner Stärke und zu seinem Selbstvertrauen", äußerte Klaus.

Der Heimflug und die Heimreise

Am frühen Morgen nach der Bootsfahrt flogen Linda und Wolfgang von Hawaii zum Flughafen nach Leipzig. Von dort aus nahmen sie sich ein Taxi bis nach Bitterfeld-Wolfen. Wolfgang hatte noch 2 Tage Urlaub, die beide sehr genossen.

Das Schloss und den Schlosspark in Köthen

besuchten sie am nächsten Tag.
Köthen wird auch die Bachstadt genannt.

Johann Sebastian Bach war in den Jahren 1717 bis 1723 Hofkapellmeister im Schloss. Am schönsten fand Wolfgang den Spiegelsaal des Schlosses, der mit riesigen, wunderschönen Kronleuchtern geschmückt war.

In dem einstigen Residenzschloss der Fürsten und Herzöge von Anhalt-Köthen, nämlich in dem Schloss in Köthen, sind verschiedene Museen untergebracht.
Sie besuchten das Historische Museum,
das Naumann-Museum und
die prähistorische Ausstellung.

Im Schlosspark bewunderten sie auch noch
die Denkmäler von
Johann-Friedrich Naumann und
Fürst Ludwig.

Zu Fuß marschierten sie durch die Stadt und sahen sich auch das Denkmal von Bach an einem Brunnen an.

In Köthen auf dem Wochenmarkt, der täglich geöffnet ist, kaufte Linda Obst und Gemüse ein. Anschließend besuchten sie noch die evangelische Kirche St. Jakob, die Linda sehr gefiel. Dann fuhren sie weiter und besuchten den

Tierpark in Köthen.

Es ist ein sehr schöner und großer Tierpark mit ca. 400 Tieren. Dort leben die Berberaffen im Eingangsbereich in einer Voliere.

Die Alpensteinböcke, Krallenaffen, Polarwölfe,
Stinktiere, Luchse und Kängurus
haben sich Linda und Wolfgang
zuerst angesehen.

Auf ihren Besuch warteten aber auch noch
einheimische Wild- und Haustierarten
(Steinböcke, Rothirsche)
und verschiedene Schweinearten.
Diese Tierarten haben sie zum Schluss in
Augenschein genommen.

„Sehr interessant ist auch ein Besuch zum
alljährlichen Osterfest. Dann kann man
Ostereier verstecken, den Osterhasen sehen
und Livemusik erleben",
erzählte eine Dame im Vorbeigehen.

„Kommen Sie bitte an Halloween wieder,
denn dann freuen Sie sich bestimmt
auf das Schnitzen der Kürbisse und auf
einen schönen Laternenumzug",
verriet der Herr an der Kasse,
als sie den Tierpark verließen.

Friedenspark in Köthen

Am nächsten Tag fuhren sie nochmals nach Köthen, um durch den Friedenspark zu wandern. Es ist eine grüne Oase mit großen Bäumen und einem kleinen Teich. Der Park war früher ein Friedhof. Dort waren viele Hundehalter mit angeleinten Hunden unterwegs.

Folgende Gedenksteine haben sie sich angeschaut, die im Friedenspark stehen:

Ehrenbürger Felix Friedheim (1845 – 1900).
Sein ursprüngliches Grab wurde 1954 vernichtet.

Maria Barbara Bach (1684 – 1720),
die erste Frau von Johann Sebastian Bach.

Ferdinand Schulz (1860 – 1911), ehemaliger
Oberbürgermeister und Bauherr des Rathauses.

Für **August Hooff (1839 – 1904)**
wurde am Buschteich ein Denkmal in Form
eines Natursteins mit Bronzeplakette gesetzt.

Von der Autorin bereits erschienen:

Endlich! Der Männertag ist da!!!
204 Seiten

Vorwärts in ein glückliches und zufriedenes
Leben! 212 Seiten

Liebe und Zoff im Altenheim
176 Seiten